LES MURS QUI TREMBLENT

Comédie totomatique

d'Eric CESAREVICH

Acte I

Tableau 1

devant la Masse

Le père, *il rote, tous rient sauf la mère.*
Détend-toi mon amour ! Vous voyez les enfants ce que c'est d'être issue de la Fosse-sur-Mer, on n'a pas le sens de l'humour !

La fille rote à son tour. Même rengaine, tous rient sauf la mère.

La mère
Ombeline, s'il te plaît !

Le père
Laisse-la faire ! Elle s'amuse, elle ! Continue ma chérie, mais rote un peu plus fort, les voisins du Col-du-Balcon ne t'entendent pas ! Et je t'ai déjà expliqué que dans leur contrée, roter, c'est signe de politesse !

Ombeline
Merci papa !

Le père
On a faim, non ? Vous n'avez pas faim les enfants ?

Henri et Ombeline
Si, papa !

Le père
Tu entends mon amour ? On a faim ! Allez les enfants, chantez !

Henri et Ombeline, *Albert se contente de faire les gestes*
On a faim ! On a faim !

La mère
C'était prêt il y a une heure, vous mangerez froid !

Le père

Ce sera dégueulasse pareil !

Albert

dégueulasse !

La mère

Albert ! Surveille-toi !

Le père

Ce petit est objectif. Un vrai petit intellectuel. Papa est fier de toi, mon fils !

Ombeline

Tu es fier de moi, papa ?

Le père

Bien sûr ! Je suis fier de tous mes enfants ! Et de ma fille aussi !

La mère, *avec une assiette vide*

Voilà du poulet froid ! Et des pommes de terre froides !

Albert

Il n'y a rien…

Ombeline

Comme d'habitude.

La mère

Vous savez bien qu'on n'a pas les moyens.

Ombeline

On peut manger avec les doigts ?

La mère

Demande à ton père !

Le père

On n'est pas chez les gens du Col-du-Balcon ici ! On mange avec des couverts, nous ! On fera la vaisselle !

La mère

Je ferai la vaisselle... Mais j'aime mieux qu'on mange avec des couverts, c'est plus propre.

Le père

Bien. Vous pouvez manger avec vos doigts. N'écoutez pas votre mère qui a grandi avec les gens de la Fosse-su-Mer.

Henri

On regarde quoi ce soir papa ?

Le père

Donne-moi le programme Henri...
Il lui donne une feuille blanche.
Hmm... Sur la Fosse-sur-Mer, des gens aigris, Au Col-Du-Balcon des gens qui ne savent pas rire, au deuxième col-du-balcon, pas d'émission, ça change... sinon, on peut regarder le projo-soleil et ne penser à rien. On va voter. Qui est pour le projo-soleil ?

Henri

Moi !

Le père

Bien, on va regarder le projo-soleil !

Ombeline

Est-ce que je peux disparaître ?

Le père

Disparaître ! Pour faire quoi ?

Ombeline

Aller rêver !

Henri

Tais-toi, je n'arrive pas à ne penser à rien.

Le père

On passe une soirée en famille ! Tu ne veux pas aller disparaître comme ça quand même ! Albert, tu fais du bruit !

Albert essaie de manger silencieusement.

Enlève-lui son assiette ! On n'entend plus le silence !

La mère, *à voix basse, tout en s'exécutant*

Je te la garde pour après.

Le père fait semblant de s'allumer une cigarette.

Ombeline

Papa, tu vas fumer ?

Le père

Oui. Ça dérange quelqu'un ici ?

Ombeline

J'aime pas trop l'odeur.

Le père

Il faut bien avoir un vice... Et si ça pue ici, c'est la bouffe de ta mère !

Un temps

C'est pas vrai que tout le monde va me faire chier, ici !?

Il fait semblant d'aller se servir un verre.

T'en veux un, toi ?

La mère

Oui, je veux bien.

Le père

Vous voyez les enfants ! Quand on est adultes, on arrive toujours à s'entendre.

Tous regardent le projo-soleil dans le silence.

tableau 2

repas à table
Albert mange, sa mère à côté.

La mère
Albert, tu regardes ton assiette là !

Albert
Maman, ça sert à quoi de vivre ?

La mère
Quoi ? Tu poses de ces questions, toi !

Albert
Tout de suite quand j'ai disparu, j'ai essayé de ne penser à rien. Et quand il n'y a eu plus rien dans ma tête, je ne me suis pas arrêté de vivre, bizarrement... Mon corps a continué de respirer, tout seul, sans que je lui demande. Comme s'il m'accrochait à la vie... Mon corps n'était pas à moi, j'étais à mon corps.

La mère
La vie, ça sert à grandir, travailler, avoir une famille, aimer ses enfants.

Albert
Tu es heureuse, toi ?

La mère
Bien sûr, je vous ai, vous.

Albert
Et si un jour, on part ?

La mère
Partir ?
Un temps
Je penserai à vous, avec votre famille et vos enfants. Ça me rendra heureuse.

Entre Ombeline
Ah ! Ombeline ! Alors, ta disparition ?

Ombeline
J'ai dessiné.

La mère
Ma fille est une artiste ! Des poneys ? Des arcs-en-ciel ?
Ombeline lui tend une feuille blanche
Oh ! C'est quoi ?

Ombeline
Des poneys et des arcs-en-ciel.

La mère
Non, Ombeline ! Là, tu as fait des formes et… on dirait des boyaux !
Qu'est-ce qui t'a pris ?

Ombeline
C'est un poney en nature morte.

La mère
Oh ! mes enfants ! Ton imaginaire t'a laissé faire ça ?

Ombeline
Il a trouvé ça très vivant.

La mère
Mais... il ne vous enseigne pas à dessiner ?

Ombeline
Il dit que l'art, c'est créer.

La mère
Mais pas des boyaux ! L'art, ça doit être joli ! Il faut qu'on
comprenne ! Il y a beaucoup de belles choses à peindre dans la
nature, des paysages, des fruits…

Ombeline
Des chats ?

La mère
Oui par exemple, des chats ! Mais pas en boyaux !

Ombeline
Moi, c'est ce que je vois.

La mère
Ah ! Mes enfants ! Qu'est-ce que j'ai raté ?
Entre Henri
Ah mon fils ! Oh ! Qu'est-ce qui s'est passé ? Tu t'es fait mal ?

Henri
Je me suis battu.

La mère
Mais pourquoi ? Attend, je vais nettoyer ta plaie. Olala…

Henri
C'est quoi ce dessin ? Ce brouillon, pardon !

Ombeline
Connard !

Henri
Répète ça !?

Ombeline
Tu veux me taper ? T'aimes ça taper ?

La mère
Les enfants, arrêtez ! Et c'est vrai Ombeline que ton dessin, on dirait un brouillon.

Henri
Je me bats pas avec les filles. Enfin, je t'expliquerai ce que c'est, être une fille. Être féminine...

Ombeline
Non, mais j'hallucine ! Maman !

La mère
Arrête Henri ! Mais c'est vrai Ombeline ! Quand on est une fille, on ne dessine pas les poneys en chambre froide !

Ombeline
En nature morte !

La mère
En chambre froide, en nature morte, en brouillon... Henri ! Pourquoi tu t'es battu ?

Henri
Un fils du Col-Du-Balcon voulait me voler mon blouson. Je ne me suis pas laissé faire. Tous des voleurs, c'est génétique.

Ombeline
Tu parles comme ton père.

Henri
Parce qu'il a raison. A chaque fois qu'il y a un problème, c'est à cause d'eux. Comment tu l'expliques ?

La mère
C'est vrai que c'est souvent à cause d'eux, ça doit être génétique.

Ombeline
Y'a pas que ça qui est génétique... Ils ont tout, on n'a rien, c'est normal, on suscite leur jalousie.

Henri

Jaloux ou non, quand tu veux quelque chose, tu travailles pour l'imaginer. Mais eux, l'imagination, ça les rend malades, ils viennent de contrées où les objets, ça les rend fainéants. Alors, ils viennent ici et ils profitent du système.

La mère

C'est vrai qu'il y en a qui profitent, tu peux pas dire le contraire.

Ombeline

Je disparais ou j'explose.
Elle sort

Henri

Quand les gens ont tort, ils s'énervent. Et chez une fille c'est pas féminin.

La mère

Elle est pleine d'utopies, c'est une artiste.

Henri

Il n'y a pas qu'elle qui est pleine d'utopies. Albert, t'es d'accord avec elle ou tu veux apprendre à te battre ?

La mère

Qu'est-ce que tu vas lui mettre dans la tête ? J'en ai assez d'un qui rentre avec des plaies sur le visage ! C'est assez de soucis pour une mère !

Henri

Répond !

Albert

Moi ? Je ne sais pas me battre.

Henri

Il faut que tu apprennes.

Albert
J'aime pas ça.

La mère
C'est vrai qu'il n'aime pas ça. Tu sais qu'il est "conseiller en amour" quand il disparaît ? C'est mignon ! Ses amis, et ses ami-es !, lui demandent plein de petits conseils pour leurs couples. Avec ses joues roses et son sourire, rien d'étonnant.

Albert
Et moi, je suis tout seul.

La mère
Mais tu trouveras Albert ! Il y a forcément une fille qui t'attend quelque part. Les sensibles comme toi, ça plaît beaucoup aux filles, crois-moi !

Henri
Va falloir faire un peu de gonflette quand même ! Quand tu te seras fait voler ton blouson par je dis pas qui, et que les filles vont découvrir ton corps de crevette, je crois pas que tes joues roses vont suffire !

La mère
Le physique, ça fait pas tout Henri ! L'important c'est d'être gentil. Il y a trop d'hommes qui font du mal à leur femme.... Et d'être ordonné ! Henri, va ranger tes rêves !

Henri
J'ai passé l'âge, maman !

La mère
Peu importe ton âge. Sous mon toit, je tiens à ce que ma maison soit propre !
Il sort
Et toi Albert, finis ton assiette !

Albert
C'est froid.

La mère
Forcément, tu passes ton temps à discuter. Mais je ne crois pas que ça ferait plaisir à tous ces enfants qui meurent de faim en Afrique de savoir que tu nourris la poubelle ! Je vais faire un peu de ménage, ça fait au moins un temps que je l'ai pas fait… Quand je reviens, je veux que ton assiette soit vide !
Elle sort.
Changement d'ambiance.

La Poubelle
Albert ! Albert ! Psst !

Albert
Qui parle ?

La Poubelle
C'est moi ! Regarde par là ! Oui c'est moi ! Donne-moi à manger s'il te plaît, j'ai faim !

Albert
Je peux pas ! Les enfants d'Afrique !

La Poubelle
Tu crois que ça ferait envie à des enfants d'Afrique, cet os de poulet ? Donne-le-moi s'il te plaît !

Albert
Tu diras rien ?

La poubelle
T'as déjà vu une poubelle parler ?

Il jette ses restes dans la poubelle.

Tableau 3

Une partie de playmobil. Ombeline et Albert font semblant de jouer les mains vides.

Ombeline
père : J'ai sommeil.
mère : Bonne nuit.
père : Rooonpscchhhit ! Roooonpschiiit !
mère : Eh ! Eh !
père : Roooonpschiiit ! Rooonpschiiitt !
mère : Eh ! Eh ! Tu ronfles !
père : Hein quoi ?
mère : Tu vas réveiller tout le monde !
père : Mais tais-toi ! Idiote ! Tu m'as réveillé !

Albert
Le voisin : Toc ! Toc !

Ombeline
père : Qu'est-ce que c'est ? Va ouvrir !
mère : Oui ? C'est pourquoi ?

Albert
le voisin : Vous pourriez demander à monsieur de ronfler moins fort ? Il y a les murs qui tremblent !

Ombeline
le père : Comment ça les murs qui tremblent ? Je suis chez moi monsieur ! Je ronfle si je veux !
La mère : Excusez-le ! Il boit trop !
le père : Moi boire trop ? C'est ma glotte ! Connasse !

Albert
le voisin : Vous dites connasse à votre femme ?

Ombeline
le père : Pourquoi ? vous n'avez pas de femme, vous ?

Albert

le voisin : Euh, non ! Je viens d'emménager ! Ça vous embête si je dors avec vous ce soir ? Mon chauffage ne marche pas. Vous êtes très belle madame !

Ombeline

la mère : Oh ben si vous voulez ! Pour une fois qu'un homme est gentil ! On fera un peu de place !
le père : Et ça ne vous gêne pas si je ronfle ?

Albert

le voisin : Tant que mes murs ne tremblent pas ! Bonne nuit !

Ombeline

Le père : Roonpschiitt ! Roonpschitt !

Albert

Le voisin : Roonpschiiit ! Rooonpschiiit !

Ombeline

la mère : au secours !

Albert

Le voisin : Oh mais elle nous a réveillés !

Ombeline

la mère : Mais vous êtes insupportables avec vos ronpschits ! Vous ronpschitez tout le temps !

Albert

Le voisin : Mais c'est parce que vous criez !

Ombeline

la mère : Je défends mon droit à dormir !

Entre Henri

Henri
Salut les crevettes ! Vous jouez ? Vous avez pas honte à votre âge ?

Ombeline
Il va me soûler, je disparais !

Elle sort
Henri
Très féminin ! Très féminin ! Bon Albert, il est temps qu'on fasse des trucs d'adultes ! On va se battre !

Albert
Je sais pas me battre.

Henri
Justement ! Aller ! Esquive !

Albert
T'es fou !

Henri
Vas-y esquive ! Sois pas si mollasson !

Albert
Tu vas trop vite !

Henri
Bon frappe-moi ! Le plus fort que tu peux !

Albert
Comme ça ?

Henri
Plus fort !

Albert
Comme ça ?

Henri
Mais plus fort ! T'as rien dans les bras tête de cul ! Aïe ! Le con ! Je vais te le rendre celui-là !

Albert
Au secours !
Il sort en courant

Henri
Pauvre petit frère… S'il comprenait la vie… Eh ! Toi ! C'est mon blouson que tu veux ? C'est mon blouson ? Tu m'a bien vu ? Ramène-toi ! On va se la donner ! T'as vu ces muscles ? Coup de pied circulaire ! Bim ! Regardez pas les filles ! Ça va pas être joli ! Uppercut ! Bim ! Seul contre tous ! La vie est une jungle hostile ! Personne pour t'aider ! Déception ! Bim ! Sur déception ! Bim ! Et toi aussi tu veux mon blouson ? Tu crois que j'ai peur ? Tu viens chez moi ? T'oses venir chez moi ? Je défends ma famille, moi ! Je suis le seul mec, ici ! Coup de pied circulaire ! Bim ! Uppercut ! Mon père ? Tu rigoles ! Parle pas de lui ! Ok ?
Il "voit" les playmobil et les "prend". Hésitation.

le fils : Maman, tu m'aimes ?
La mère : Bien sûr mon chéri, pourquoi tu me demandes ça ?
le fils : Je me sens seul des fois.
La mère : Mais tu n'es pas seul !
le fils : Pourquoi j'ai pas d'amis ?
La mère : Tu as peut-être peur d'en avoir !
le fils : Papa m'a abandonné.
La mère : Il est occupé.
le fils : Mon frère et ma soeur jouent ensemble sans moi.
La mère : Ils sont plus jeunes.
le fils : Maman ! C'est dur d'être moi.

Entre la mère

La mère
Henri ?

Henri
Je vais ranger mes rêves !

Il sort

Tableau 4

retour de soirée

Le père
Où sont les enfants ?

La mère
Chacun dans ses rêves.

Le père
Et notre soirée en famille ?

La mère
Les enfants ! Votre père est rentré.

Entre Henri puis Albert qui lui font la bise.

Le père
Ombeline !
Elle entre
Tu ne dis pas bonsoir à ton père ?

Ombeline
Bonsoir !

Le père
Bonsoir qui ?

Ombeline
Bonsoir papa.

Le père
J'attends.

Ombeline
Pff.
Elle lui fait la bise.

Le père
Non mais c'est incroyable ça ! Bientôt je serai un étranger !

Ombeline
Tu es un étranger.

Le père, *hors de lui*
Je suis un étranger ? Tu veux savoir ce que c'est d'être un étranger ?
Je suis apparu ici vous n'étiez même pas nés, je suis parti d'ailleurs
sous les balles ! J'ai concrétisé toute ma putain de jeunesse pour
qu'aujourd'hui vous ayez un chez vous ! C'est ça être un étranger ?
C'est ça être un étranger ? Avoir une fille effrontée, qui passe son
temps à dessiner, une fille ! Une putain de fille qui ose te dire que tu
n'es pas chez toi ! C'est toi qui lui a mis ça dans la tête ?

La mère
Mais non. Et ne crie pas, Les voisins !

Le père
Menteuse. Connasse. Je ne crie pas ! Et les gens du Col-du-Balcon,
qu'ils viennent ! Tu ligues les enfants contre moi quand je ne suis pas
là. Vous m'aimez les enfants ?

Henri
Oui papa.

Le père
Bien. Moi aussi je t'aime fiston.
fait semblant d'aller se servir un verre. Plus calme.
Papa a bien travaillé aujourd'hui !
Il sort des playmobils.
Tenez, c'est pour vous.

La mère
Tu penses que c'est raisonnable ?

Le père
Mais de quoi tu te mêles, toi ? Je fais ce que je veux avec mes enfants ! Les enfants, mes chéris, tenez, c'est de votre papa qui vous aime. Votre mère est une coincée !

Henri
Merci papa.

Albert
Merci.

Ombeline
Hmm.

Le père
On va jouer à un jeu. Vous voulez ? Une vraie soirée en famille. On misera des âmes, c'est plus amusant. Vous avez vos âmes ?

Albert
On joue des âmes ?

Le père
Bien sûr mon petit ! L'âme, ça ne vaut rien. Ça va, ça vient, c'est comme tout.
Mine embêtée de la mère.
Fais pas cette tête, toi ! C'est quoi le problème encore ?

La mère
Le problème, c'est qu'on n'a déjà pas grand chose, et que je ne pense pas que ce soit une bonne idée d'enseigner aux enfants que l'âme c'est un jeu. C'est plus raisonnable de rêver.

Le père

Raisonnable ! Tu n'as que ce mot à la bouche ! C'est pas vrai qu'elle va nous faire chier alors qu'on veut s'amuser ! Vous voyez les enfants ! Votre mère ne veut pas qu'on s'amuse ! Elle passe la serpillière pendant que papa travaille et elle veut dire à papa ce qu'il doit faire de ses âmes !

La mère
Fais ce que tu veux. J'ai rien dit.

Le père, *qui s'emporte*
Mais même quand tu dis rien, tu nous fais chier ! Et qu'ils viennent les gens du Col-du-Balcon !
Il se ressert un verre, et se calme, de plus en plus ivre.
Bien. Je distribue les âmes. Albert ! Combien tu mises ?

Albert
Cinq.

Le père
Économe comme sa mère, celui-là. Henri ! Combien ?

Henri
Vingt.

Le père
C'est bien fiston.
La partie avance, l'es playmobils des uns et des autres finissent du côté du père qui s'est "resservi" quelques verres au passage.
Alors combien vous misez ?

Ombeline
On n'a plus rien.

Le père
Déjà ? Vous avez déjà perdu tout ce que je vous avais donné ?

Ombeline

Ce qui appartient à César, retourne à César !

Le père
Elle est drôle ma fille ! Elle tient de son père ! Vous voulez que je vous prête ?

Albert
Je suis fatigué.

La mère
Il est tard. On pourrait disparaître.

Le père
La voix de la raison a encore parlé. Que tout le monde disparaisse et papa reste là ! Henri, tu restes aussi !

Henri, *visiblement fatigué lui aussi.*
Ah bon ?

Le père
Oui ! On va se faire un petit bras de fer. Tester ce que mon fils a dans le ventre !
Il rit. Henri se met en position. Les autres sortent.

Tableau 5
une nuit agitée
Le père ronfle au milieu du salon. Entre Ombeline suivie d'Albert, en catimini.

Albert
Tu vas te faire prendre !

Ombeline
Mais non ! Ce que tu peux être trouillard !

Albert
S'il se réveille et qu'il nous voit, c'est notre fête !

Ombeline
Retourne disparaître si t'as les fouettes ! Moi, je récupère mes âmes !

Albert
Il finira bien par nous les rendre un jour ou l'autre ! Et ces âmes étaient à lui après tout !

Ombeline
Si tu attends qu'on te donne les choses pour les avoir, tu vas attendre longtemps !

Albert
Moi, j'ai pas besoin d'âmes.

Ombeline
Le principe, Albert ! Le principe !

Albert
Pas si fort !

Ombeline
Tu sais l'âge qu'on a ? Tu crois que c'est normal d'habiter chez ses parents à notre âge ? Il y a quelque chose qui cloche dans cette famille et dans ce monde-ci ! Le seul moyen de partir, c'est d'en avoir les moyens.

Albert
Mais tu feras quoi quand tu seras partie ? Loin ! Toute seule !

Ombeline
Mais vivre, Albert ! Vivre !

Albert
Mais on vit là !

Ombeline
On ne vit pas Albert ! On sort, on entre, on discute, on s'engueule, mais on ne vit pas !

Albert
Pourtant, moi j'ai l'impression de vivre !

Ombeline
Parce que tu aimes être manipulé ! Ça fait des années qu'on vit cet enfer ! On vieillit à vue d'oeil, et toujours la même histoire !

Albert
Moi, je pense qu'on peut changer le quotidien, il faut parler, convaincre !

Ombeline
Foutaise ! Retourne là-bas, disparais, et demain rien n'aura changé ! Moi je me casse !

Albert
J'aime bien "disparaître" et inventer ma vie !

Ombeline
Et être infantilisé ? Devenir inexorablement cet adulte qui a refusé de grandir ?

Albert
Mais c'est le monde qui est comme ça, on n'y peut rien !

Ombeline
C'est ce monde-ci qui est comme ça ! La psychologie familiale, ça va un temps... mais sa famille, on peut se la recréer ailleurs !

Entre la mère

La mère
Qu'est-ce que vous faites ? Disparaissez ! Vous allez réveiller votre père !

Ombeline, *à Albert*
Et voilà avec ta trouille, tu nous a fait perdre du temps !

Albert
On se demandait comment l'empêcher de ronfler ! On n'arrive plus à rêver.

Le père se réveille.

Le Père
Qu'est-ce que ? Qu'est-ce que vous faites là ?

La mère
Ils n'arrivaient pas à rêver !

Le père
Tu sais très bien que je veux être tranquille quand je concrétise !

Ombeline
Quand tu concrétises, on ne disparaît pas tranquillement, voilà !

Albert
C'est vrai.

Le père
Je ne vous ai pas adressé la parole à vous ! C'est de ta faute tout ça !

La mère
Je les protège, mais ils ne s'y font pas. C'est de ma faute. J'ai raté leur éducation.

Le père
J'ai besoin de mon instant à moi. Les voisins ont besoin que j'aie mon instant à moi. Disparaissez !

Ombeline
Les voisins, ça les ennuie, les murs qui tremblent !

Entre Henri

Henri
C'est toi qui nous ennuie Ombeline ! Tu n'as qu'à aller à la Fosse-sur-Mer !

Le Père
Henri !

Henri
C'est vrai à la fin, elle se croit forte, mais elle en est bien incapable !

Ombeline
Et toi ! Tu t'entraînes à faire le dur, mais tu vaux pas mieux !

Le père
Mon amour, explique-leur !

La mère
Mes enfants. La Fosse-sur-Mer est un endroit merveilleusement dur. Les gens vous observent, vous jugent à longueur de temps. Ils sentent mauvais. Ils sont coincés. Rien ne les fait rêver. Ils ne disparaissent jamais. Ils ne prennent pas le temps de se comprendre. Ils ne prennent pas le temps de vivre. De se laisser vivre.

Henri
C'est pour ça que j'apprends à me battre ! Qu'ils ne viennent pas nous déloger de notre maison !

Le père
Ne confond pas avec le col-du-balcon, Henri ! Le col-du-balcon, c'est bien pire ! Au Col-du-Balcon, ils ne se contentent pas d'observer, ils tentent de détruire les rêves, ils dématérialisent les âmes. C'est pour ça que je concrétise.

Henri
Merci Papa.

Ombeline
J'y comprends rien à ce charabia, moi !

Le père
Arrête de faire l'artiste Ombeline !

Albert
Et qu'est-ce qu'il se passe si on descend à La Fosse-Sur-Mer ?

La mère
Albert !

Le père
Rien. Le néant. Vas-y.

Albert
Rien ?

Le père
Rien.

Albert
Et si on y jette une âme ?

Le père
Tu n'as pas d'âme.

Albert montre un playmobil

Ombeline
Bien joué Albert !

Le père
Rend-la moi Albert ! Tu ne sais pas ce qu'il pourrait arriver !

Albert
Je cesserais de disparaître ? Je cesserais d'être accroché à mon corps ? Je cesserais d'être un enfant vieillissant ?

Le père
Bien pire que ça Albert ! Les murs qui tremblent cesseraient de trembler. Notre histoire s'arrêterait là. Notre histoire de famille...

Ombeline
On se recréera une famille Albert !

Henri
Tais-toi, idiote !

La mère
C'est ce que tu veux, Albert ? J'ai raté mon éducation !

Albert
Je veux que les murs cessent de trembler !
Il jette le playmobil

Le père
Mais qu'il est con !

Fin du premier acte

Acte 2

Albert, *enivré, une vraie bouteille à la main, scène vide.*
Ouahahah !

Ombeline, *qui apparaît au balcon*
Youhou ! Albert ! Youhou ! Regarde ! Je suis au col-du-balcon !

Albert
Regarde-moi Ombeline ! Je descends à La Fosse-sur-Mer !
Il descend dans la fosse
Au secours ! Le néant ! Ahahah !

Ombeline
Je dématérialise ton âme ! Je suis un gaz ! Pfiouut ! *Elle disparaît*

Albert
Argh ! Je vis ! Le silence de la Fosse-sur-Mer, le repos éternel !
Il regarde la scène
Observons ma vie !
Un temps
Mouais. Palpitant...
Un temps
Eh ! La Fosse ! Vous en pensez quoi de ma vie ?
Bon on regarde quoi comme programme... Ombeline ! Qu'est-ce que
c'est chiant, le néant !

Ombeline, *dépitée, la poubelle à la main*
Elle ne parle plus.

Albert
Tu veux pas dessiner un truc ?

Ombeline
Des boyaux ?

Albert
Ouais, pourquoi pas !

Elle sort, re-rentre avec un tableau et dessine une fleur

Albert
Non mais c'est pas possible !

Ombeline
Je sais pas ce qui m'arrive, mais ça vibre plus là ! Et toi ?

Albert
Je sais pas ! J'ai plus d'angoisse ! Je m'en fous de respirer !

Ombeline
File-moi à boire !

Albert

Il n'y a plus qu'une solution ! Papa, maman, Henri !
Les trois entrent
Jouez-nous la scène des murs qui tremblent !

Le père
J'ai sommeil.

La mère
Bonne nuit.

Ombeline
On n'y croit pas là ! Vous tombez de sommeil !

Le père
J'ai sommeil.

La mère
Bonne nuit.

Ombeline
Tu peux pas lui dire bonne nuit, comme si tu lui souhaitais vraiment bonne nuit ! C'est n'importe quoi ! Tu sais très bien que tu vas pas dormir parce qu'il ronfle comme un porc ! Les murs qui tremblent ! ça te parle !?

La mère
Bonne nuit.

Le père
Rooonpscchhhit ! Roooonpschiiit !

Albert
Un porc, on a dit !

Le père
Rooonpscchhhit ! Roooonpschiiit !

Albert

On dirait un goret qui sort du ventre de sa mère ! Plus fort !

Le père
Rooonpscchhhit ! Roooonpschiiit !

La mère
Eh ! Eh !

Le père
Roooonpschiiit ! Rooonpschiiitt !

La mère
Eh ! Eh ! Tu ronfles !

Le père
Hein quoi ?

La mère
Tu vas réveiller tout le monde !

Ombeline
L'empathie de cette femme, ça m'énerve !

Le père
Mais tais-toi ! Idiote ! Tu m'as réveillé !

Ombeline
Quoi ?

Le père
Excuse-moi Ombeline, je parlais à ta mère !

Henri
Toc ! Toc !

Ombeline
S'il te plaît Henri ! C'est pas le moment ! Et, non je ne t'excuse pas !
Avant je ne t'excusais pas non plus d'ailleurs, reprenons.

Henri
Toc ! Toc !

Albert
Excuse-moi Henri, mais t'as pas fait de la gonflette tout ce temps pour nous sortir un toc-toc de larve desséchée ! Reprend.

Henri, *à plein poumon.*
Toc ! Toc !

Le père
Qu'est-ce que c'est ? Va ouvrir !

La mère
Oui ? C'est pourquoi ?

Henri
Vous pourriez demander à monsieur de ronfler moins fort ? Il y a les murs qui tremblent !

Ombeline
Henri ! Ils sont où les murs ? Ne gesticule pas tes bras comme ça ! Les murs, c'est les murs de ta tête ! Les murs de ta frustration ! Quand tu penses mur, tu penses que ton père t'enferme dans un patriarcat machiste insoutenable ! On est d'accord ! Henri ! On est d'accord ?

Henri
Oui, oui.

le père : Comment ça les murs qui tremblent ? Je suis chez moi monsieur ! Je ronfle si je veux !

Albert
Ah ! Il est parfait ! On aurait envie de le claquer ! Continuez !

Le père
Merci.

La mère
Excusez-le ! Il boit trop !

Le père
Moi boire trop ? C'est ma glotte ! Connasse ! Ça me gêne de dire ça tout à coup !

Ombeline
Des remords ?

Henri
Vous dites connasse à votre femme ?

Ombeline
Henri ! S'il te plaît ! J'ai posé une question à ton père !

Le père
C'est à dire que dans la psychologie familiale, ça passait bien mais, là, comme ça, l'insulter gratuitement !

Ombeline
Et avant, c'était pas gratuit ? C'était pas gratuit ? Sac à merde !
Elle va pour le taper

Albert, *qui l'arrête in extremis*
Ombeline ! Tu es un gaz, pfiouut ! N'oublie pas ! On reprend !

Le père, *tétanisé*
Pourquoi ? vous n'avez pas de femme, vous ?

Henri, *même jeu*

Euh, non ! Je viens d'emménager ! Ça vous embête si je dors avec vous ce soir ? Mon chauffage ne marche pas. Vous êtes très belle madame !

Ombeline
Le désir, Henri ! T'es pas en train d'admirer une tableau ! Des couilles, Henri ! Des couilles !

La mère
Oh ben si vous voulez ! Pour une fois qu'un homme est gentil ! On fera un peu de place !

le père
Et ça ne vous gêne pas si je ronfle ?

Albert
On ne rit pas là ! Tu as ri, toi ?

Ombeline
Non, absolument pas !

Albert
C'est incroyable comme vous êtes mauvais ! Je suis obligé de le faire !
A la mère
Reprend !

La mère
Oh ben si vous voulez ! Pour une fois qu'un homme est gentil ! On fera un peu de place !

Albert
Et ça ne vous gêne pas si je ronfle ?

Ombeline rit

Albert

Et ça ne vous gêne pas si je ronfle ? Et ça ne vous gêne pas si je ronfle ? Pourquoi vous ne riez pas ? Ombeline ! Arrête de rire !

Ombeline *en larmes*
Que c'est drôle !

Le père *affecté*
Très drôle.

Albert
Je ne t'ai pas demandé de rajouter du texte, toi ! On continue !

Henri *neutre*
Tant que mes murs ne tremblent pas ! Bonne nuit.

Le Père et Henri
Roonpschiitt ! Roonpschitt !

La mère
au secours !

Henri
Oh mais elle nous a réveillés !

Albert
Consternant ! Mais consternant ! Et ça me donnait des leçons de vie !

La mère
Mais vous êtes insupportables avec vos ronpschits ! Vous ronpschitez tout le temps !

Ombeline
Vas-y maman ! Tu vas te les faire !

Henri
Mais c'est parce que vous criez !

Ombeline
Ta gueule ! Oups ! Pardon ! Allez-y, j'étais dedans !

La mère
Je défends mon droit à dormir !

Ombeline
Ça, c'est bien dit ! On sent qu'à travers son droit à dormir, c'est son droit à être respectée en tant que femme qu'elle défend ! Bravo Maman ! Parce que vous êtes tous là, tous autant que vous êtes à la regarder demander péniblement son droit à dormir ! Mais c'est bien plus qu'elle demande ! Mais vous n'entendez rien, vous vous complaisez dans le trivial, vous ne cherchez pas à analyser le deuxième sens, vous êtes minables ! Mais oui, vous êtes minables ! Albert, je te le dis ! A partir d'aujourd'hui, je ne suis plus femme, plus homme, je ne suis plus Ombeline !

Albert
Tu es un gaz...

Ombeline
Je ne suis même plus un gaz ! Je ne suis plus qu'un mot, une éclaboussure de mot qui s'évapore peu à peu de vos consciences, un souvenir bientôt enfoui, fossilisé dont plus personne ne se souviendra !

La mère
Ombeline, ma fille ! Je t'aime !

Ombeline
Maman, plus de sentiments ! Ce n'est ni le lieu, ni l'endroit ! Ni le moment je veux dire !

Henri
Est-ce qu'on peut disparaître ?

Ombeline
Mais vas-y ! fuis ! Va dans ta cachette là-bas ! Tu ne peux plus disparaître ! Nous sommes condamnés à être ici !

Henri
Eh bien moi, je retourne disparaître et rêver, viens papa !

Le père
Henri, je crois qu'elle a raison, ça ne sert à rien.

Henri
Vous verrez si ça ne sert à rien ! Vous n'arrêtez pas de concrétiser ! J'en ai marre de vous !
Il sort, depuis les coulisses
Ronpschiit ! Ronpschitt ! Je disparais ! ahah ! Ronpschitt ! Grr ! Ahhh ! Je disparais !
Il revient abbattu
Je n'y arrive pas.

Albert
Pourquoi vous ne nous avez pas dit que la Fosse-Sur-Mer, c'était nul ? On s'ennuie ici !

La mère
Je t'avais prévenu Albert ! Mais tu as absolument tenu à jeter cette âme !

Albert
C'est de ta faute Ombeline, c'est toi qui m'as convaincu de changer le cours des choses, comme ça, brutalement ! Ombeline !

Ombeline *absente*
Je n'existe plus.

Albert
Comment ça ? C'est quoi ces conneries ?

Ombeline *même jeu*
Je ne suis plus là ! Un souvenir bientôt enfoui, dont personne ne se souviendra.

Albert
Non mais j'hallucine
Il la pince

Ombeline
Aïe ! Mais t'es con ou quoi ? Tu m'as fait mal !

Albert
Donc tu existes !

Ombeline
Fais ton intello, c'est ça ! Je t'aimais mieux à la maison, tu philosophais mais t'étais trop couard pour t'en prendre aux autres !

Henri *sarcastique*
Elle redevient une fille !

Ombeline *absente*
Je n'existe plus !

Le père
Bon reprenons-nous ! Avec ou sans le gaz d'Ombeline, il faut que nous retournions à notre vie ! Une vie de merde, peut-être, mais notre vie !

Albert
Je suis pas sûr d'avoir envie de retourner à notre vie de merde !

La mère
Moi, non plus !

Albert
Ressasser toujours et encore les problèmes familiaux, très peu pour moi ! Maintenant que je connais la liberté…

Le père
Mais j'essaierai de moins vous mener la vie dure, de moins faire trembler les murs ! Henri ?

Henri *énervé*
Mais on ne veut plus de tes murs ! Je veux juste savoir ce qu'on fout là !

Le père
Arf ! Ce qu'on fout là ! Bien… Asseyez-vous, écoutez-moi tous ! Ombeline ?

Ombeline *absente*
enfoui, loin, loin, loin…

Le père
Bien, on fera sans elle. Nous sommes une création. La création d'un homme. Cet homme s'appelle…

Albert
Tadadam !

Le père
Ce n'est pas drôle Albert ! Cet homme s'appelle toi !

La mère
Toi ?

Le père
Non pas moi ! Albert !

La mère
Albert ? Comme notre fils ?

Le père
Pas Albert comme notre fils ! Albert notre fils !

Albert
Maintenant que tu le dis, c'est vrai que ça ressemble vachement à mon histoire tout ça !

La mère *hystérique*
Non mais, on nage en plein délire là, en plein délire !

Henri
Et pourquoi ce ne serait pas mon histoire, ou la création d'Ombeline, ou celle de quelqu'un d'autre ? Un autre... gaz !?

Le père
Non mais tu t'es bien vu ? Tu penses que tu serais aussi con si tu étais l'auteur de ta propre création ?

Henri
C'est vrai que par moments, je me sens un peu con ! Et je me demande comment je peux être aussi con ! Albert ?

Albert
Vous avez raison, c'est vrai, j'ai globalement plus de chance que vous. Malgré tout, je ne comprends pas comment j'ai fait pour créer toute cette histoire ! Et où est-ce que tout ça nous mène !

Le père
Mais tu n'as pas de plan, justement ! Tu as quelque chose à régler avec nous, avec ce lieu, mais j'ignore moi-même la fin !

La mère *hystérique*
Non mais, on nage en plein délire là, en plein délire !
Un temps
Albert ! Est-ce que moi aussi, je suis obligée de passer pour une cruche ?

Albert

Non, maman, en plus tu ne corresponds plus à l'image que j'avais de toi, je ne te reconnais plus du tout à vrai dire.

Le père
Ta création commence à te dépasser. J'avais bien pensé, à un moment donné, jeter une âme dans la Fosse-Sur-Mer, pour inverser le cours des choses mais je comprends maintenant que ce serait inutile. Si seulement on arrivait à personnifier la Création, on pourrait peut-être s'en sortir !

La poubelle
Beûûr !

Henri
C'était quoi ça ?

La poubelle
Excusez-moi ! C'est ma phase de digestion. Vous n'auriez pas une cuisse de poulet ?

Albert
Je crois que j'ai la solution !

La mère
Albert ! C'est une poubelle !

Albert
Tu te trompes ! Ce n'est pas n'importe quelle poubelle ! C'est la poubelle de la Création !

La mère
Non mais on nage en plein délire là, en plein délire !
Voilà que ça me reprend !

Albert

Mais réfléchissez ! La poubelle vient de roter ! Rappelez-vous ! Notre histoire familiale commence elle aussi sur un rot ! Ce ne peut pas être une coïncidence... J'y suis ! Papa concrétise par le ronflement, mais peut-être que c'est le rot qui concrétise vraiment ! Les sons ne sont pas si éloignés. Ecoutez ! Roonnpschit ! Beûûr !

Le père
C'est vrai que c'est saisissant.

Albert
Si nous éructons tous, nous avons peut-être une chance de reprendre le pouvoir de la Création !

La mère
Je ne sais pas éructer !

Albert
Tu es trop abstraite... Messieurs en place.

Albert, Henri et le Père
Beûûr !

Ombeline
C'est dégueulasse !

Le père
ça ne marche pas ! Tu n'es plus fossilisée, toi ?

Ombeline
Comment veux-tu que je me fossilise ? Vous faites un bruit à réveiller les dinosaures !

Henri
J'en ai marre de chez marre ! On est enfermés ici, dans une histoire inventée par Albert, dans une création qui le dépasse et avec une poubelle qui rote.

La poubelle
C'est ma phase de digestion.

Tous
Ta gueule !

La poubelle
Vous me faites de la peine. Pourtant, je vous expliquerai, moi, comment dépasser cette création.

Ombeline
Et comment tu vas t'y prendre, gros malin ?

La poubelle
En vous ouvrant les yeux.

Henri
Mouais...

Le père *il jette un playmobil, mais rien ne se passe*
Ça ne coûte rien de l'écouter.

La poubelle
Sans artifice, pas de création. Bien. Ce que vous prenez pour la Fosse-sur-Mer, là, ce n'est ni plus ni moins qu'une fosse où des spectateurs viennent vous voir jouer une pièce soit-disant intitulée "Les murs qui tremblent". Ce que vous appelez le Col du Balcon, c'est un balcon où il y a aussi des spectateurs. Ce que vous appelez des âmes ne sont en fait que de vulgaires jouets, et le pire, vous voulez savoir ce que c'est ?

Albert
Il y a pire ?

La poubelle
Oui. Tu ne t'appelles pas Albert, elle ne s'appelle pas Ombeline, il ne s'appelle pas Henri, vous n'êtes pas frères et soeurs et ce ne sont pas vos parents. Ça fait mal au cul, hein !

La mère
Nous sommes qui alors ?

La poubelle
Des comédiens dans un théâtre. Des faux gens qui jouent dans un faux lieu si vous préférez !
Henri
Et quand nous disparaissons ? En rêve ?

La poubelle
C'est vrai que t'es plus con que les autres, toi !

Henri *qui va pour lui donner un coup de pied*
Enfoiré ! Aïe !

La poubelle
Mais c'est vrai qu'Albert, enfin le double d'Albert, l'auteur, le vrai, avait sans doute un compte à régler avec vous, enfin sa famille, mais qu'il se fait rattraper par le théâtre lui aussi. Ça nous renvoie encore à un autre niveau de lecture, mais j'ai peur de vous perdre, là.

Le Père
Je savais tout ça....

La poubelle
C'est un peu facile une fois que les choses sont dites ! Enfin cela dit, vous le saviez tous dès le début, que vous l'admettiez ou non.

Albert
On fait quoi maintenant ? Je me sens vidé. Je crois que je touche au néant cette fois.

Henri
Pareil...

Ombeline
Un vrai gaz...

La poubelle
Faites ce que vous voulez, mais remmenez moi derrière et filez moi une cuisse de poulet !

Henri sort de scène avec la poubelle et entre à nouveau

La mère
Vous ne devriez pas vous sentir "vidés" les enfants, enfin vous là, moi je me sens pleine, plein ?, remplie ! de vie !

Le père
Ah ?

La mère
Oh ! Oui ! Toi Ombeline, enfin toi, tu n'es pas ma fille ! donc je ne suis pas ta mère ! donc je suis qui je veux !

Le père
Et tu es qui alors ?

La mère
Camelia ! Gitane, coeur à prendre, amoureuse de tes yeux ! Et toi ?

Le père
Rodrigue-Sigismond ! belle enfant !

J'ai parcouru la terre et vaincu les titans
Mes yeux ont vu la guerre et mourir les enfants
J'ai bu dans les fleuves infestés mon tourment
mon âme solitaire flottait dans le vent,

J'ai parcouru les mers, victime de naufrages
Les voiles de l'enfer comme unique rivage
Le sel et les requins griffèrent mon visage
La bouteille à la main dépourvue de message

J'en ai crié des nuits à en devenir fou
J'ai supplié les dieux de m'approcher de vous
Vous n'étiez qu'un rêve et je rêvais tout le temps
Vous n'étiez pas de chair et pourtant cher enfant

Aujourd'hui je vous vois et vous me voyez moi
Vous me laissez sans voix je dirais, quel émoi !
Mais vous êtes bien vous et moi je suis bien moi !
Ensemble nous sommes nous, Amour ! Camélia !

La mère
Oh Rodrigue Sigismond !

Scrutant les étoiles ma robe dans le vent
J'ai pleuré les dieux pour que vienne ce moment
les soupirs de mon âme ont attendri les cieux
Aujourd'hui tu es là, je me noie dans tes yeux !

J'ai cueilli toutes les fleurs de l'Andalousie
tapis de couleurs pour mes noires jalousies
Un jour monacale, l'autre jour frénésie
ton désir animal, mon amour hérésie

Sentir tes deux mains dans ma crinière gitane
étalon fougueux qui déverse son écume
sur mes épaules nues que tu baises, profane
de ma faible vertu chatouillée par ta plume

qui parcourt mon corps comme une clé la serrure
tu forceras la porte et moi l'admiration
de t'avoir tant attendu et senti la luxure
Cette limace froide enrhumée de passion.

Henri *se racle la gorge*
Hmm Hmm

La mère
Ciel mon mari ! Cache-toi ! Vite !

Le père
Où ça ?

La mère
Peu importe ! Là ! Derrière ! Par là !
En aparte
Diantre ! Je ne pensais pas qu'il rentrerait si tôt de son voyage d'affaires au Brésil !
à Henri
Oh ! Chéri quelle surprise ! De te voir rentrer si tôt ! Comment c'était Buenos Aires ?

Henri
Hein ?

La mère
Tu as dû voyager en classe affaires pour arriver aussi vite ! Et dire que tu me sermonnes sans arrêt parce que j'achète trop de bijoux ! A croire que tu ne veux pas que ta femme brille !

Henri
Ma femme ? Tu es ma mère !?

La mère
L'élégance masculine ! Je ne suis peut-être pas aussi jeune que la comptable, mais moi mes doigts, je m'en sers pour autre chose que pour compter !

Henri
La comptable ? Ombeline ?

La mère
Il a Alzheimer et c'est moi qui suis vieille ! Voyez-vous ça !

Henri
Papa, pourquoi tu te caches derrière tes mains ?

La mère
En aparte
Diantre, il a reconnu ses mains !

Le père
Ahah ! Eheh ! Eh bien ! J'étais passé par là parce que... Il y avait du jeu dans la porte du placard, voyez-vous ! Eheh !

Henri
Quel placard ?

Le père
Alors évidemment, Camélia avait besoin d'un petit coup de tournevis !

La mère
Oui et Sigismond-Rodrigue a eu la gentillesse de me remettre tout ça ! Mais bien sûr que si j'avais su que tu rentrais si tôt du Brésil, je t'aurais laissé t'en charger !

Le Père
Ah oui ? Vous avez visité Buenos Aires ?

Henri
Mais je ne suis jamais allé à Buenos Aires !

La mère *suspicieuse*
Ah bon ? Et tu étais où alors ?

Henri
Ben ici.

La mère
Mon Dieu ! Il sait tout !

Le père
Et vous faisiez quoi ici, pendant que vous n'étiez pas là ?

Henri
Ben j'étais là ici, avec vous, avec Ombeline...

La mère
Il était avec la comptable ! La comptable ! Henri se donne du bon temps avec la señorita de las mouflas !

Henri
Mais je ne veux pas jouer à être quelqu'un d'autre, moi ! Ombeline ! Dis quelque chose !

Ombeline
Je suis une mouette !

Henri
Super...

Ombeline
Le Poète est semblable au prince des nuées
Qui hante la tempête et se rit de l'archer ;
Exilé sur le sol au milieu des huées,
Ses ailes de géant l'empêchent de marcher.

Henri
Ombeline ! Vas te poser sur la branche et tais-toi !

Ombeline
J'y vais ! Ombeline dis-tu ? Quel ravissant prénom !
Elle voit son dessin de fleur
Oh ! Mon Dieu ! Un chat !
changement de ton
L'art ! L'art ! Oui l'art ! L'art pour l'art ! L'art de ne rien dire ! L'art de tout dire ! Pense, esclave ! J'ai mal aux pieds, mes chaussures sont trop petites ! Il viendra ! Dis, tu penses qu'il viendra ? Le monde absurde de celles et ceux qui ne décodent pas l'absurde du concret ! Il songe celui qui vit ! Divine Comédie ! Être ou ne pas être, telle est la question ! J'honore le Dieu du Vin ! Je sacrifierai ce soir un bouc sur l'autel de nos vies misérables !

Henri
Albert ! On perd le sens du commun ! Ils se créent eux mêmes ! Dis quelque chose ! C'est de la re-création, ou je n'y comprends plus rien !

Albert
Je ne sais pas si vous avez déjà remarqué, mais il y a quelque chose de bizarre, que tout le monde fait, mais c'est le dimanche avec ma belle-mère, évidemment j'habite en banlieue. Je sais pas si vous avez vu l'émission dans laquelle le type ! Mais quand j'étais jeune, tout le monde a vécu ça !
Je vais vous dire, avant j'étais un salaud, je me rendais pas compte, omnibulé par le profit et la hiérarchie, et puis un jour j'ai ouvert les yeux, et j'ai créé un potager pour cul-de-jatte, je suis comme vous, mais en mieux, j'ai un message à faire passer ce soir. Croyez en vous, si tout le monde croit en soi, nous sommes des individus, nous valons mieux que ça. Le monde de demain, c'est vous, c'est nous, c'est chacun pour soi. En soi, pour les autres.

La mère
J'aime qu'on m'écoute !

Le père
J'aime qu'on m'écoute !
Ombeline
Je suis une mouette !

Albert
Merci à vous ! Merci pour vous !

Henri
Arrêtez ! J'entends des mains qui claquent ! Je sens le vide qui palpite ! Les murs tremblent ! Les murs tremblent !

fin de l'acte 2

Acte 3

bruits et ambiance de fête en coulisses, Entre le père, discrètement, il a visiblement peur que les autres comédiens remarquent qu'il s'est absenté.

Le père
Bonsoir. Je… Je suis comédien !? Je me présente à vous pour vous proposer mes services. J'ai l'intime conviction que je peux vous être utile… ou charmant. Je m'adapte à peu près à tout, je crois. Je… J'ai une "gueule". Si vous étiez intéressés, vous pourriez me faire un signe, jetez une âme par delà les murs par exemple. Je comprendrai.
Je ne suis pas père, mais je peux faire le père. C'est enfoui là, dans mon être. On n'apprend pas à être père. On l'est par la force des choses. Un rôle qu'il convient de tenir parce que d'autres font les enfants.
On peut fantasmer qu'on est père. Mais le fantasme est insidieux. Quand on lui laisse prendre place dans notre vie, il nous maquille, un peu d'abord, puis tout à fait. On s'auréole de puissance à en devenir sourd puis aveugle.
Je ne vois plus mes enfants. Ou mes enfants ne me voient plus. Peu importe. Le résultat est le même. Ils ne sont sans doute pas plus heureux maintenant, mais au moins, mon absence les apaise. Je les étouffais. Je leur imposais ma vision des choses, une vision violente et faussement sereine, parce que je voulais les préserver du monde.
Je ne sais pas à quoi ressemble le monde. Quand on est aveugle, on ne peut que le sentir. Je ne vous parle pas de cécité. On a toujours d'autres sens pour palier à la vue.
J'étais aveugle de coeur. On se voit en chacun mais tous les coeurs sont aveugles. Oui. On se voit en chacun mais tous les coeurs sont aveugles.
Je suis comédien. Attaché au présent. Sans lueur d'avenir… Mon passé est un silence de mots. Et leur écho. Oui, un silence de mots et leur écho. Ce n'est pas de moi, c'est d'un auteur qui est en moi. Je ne suis qu'un corps qui lui donne vie, il prend vie à travers moi. Adoptez-moi et je serai une bibliothèque vivante et ambulante, vous y mettrez les livres que vous voudrez. Je veux sortir d'ici.

Entre Albert

Albert
Qu'est-ce que tu fais là ? Aller, rejoins-nous ! Qu'est-ce qu'on s'amuse là-bas derrière ! En plus l'auteur vient d'arriver ! Il est drôle !

Le père *abattu*
Je vais m'amuser.
Il sort

Albert
Cet être est déprimant. Pas lui, là ! Non, l'auteur ! Drôle, mais déprimant. Il nous fait jouer. Mais dans les jeux qu'il nous propose, il y a comme une sorte de sarcasme contre le temps. C'est vrai ! Les jeux chez les enfants, c'est toujours nouveau, frais, plein de possibles. Mais quand on vieillit, on dirait que les règles s'emplissent de mélancolie. Avec le temps, l'âme devient comme un pion sur un échiquier, on la jette hors du plateau, et rien ne se passe. L'auteur m'a choisi comme son double, d'accord, je veux bien, c'est un honneur, un poids, mais moi, je suis une feuille blanche, pas un parchemin. Je le plains.
Le passé est comme une fleur carnivore. Quand on la regarde de loin, on peut la trouver belle, mais si on s'approche de trop près, elle nous bouffe.
On peut aussi faire mine d'ignorer le passé, et fuir en avant, comme on fuit une ombre. Selon la position du soleil, on sera plus ou moins indisposée par celle-ci mais il n'empêche que notre marche, la marche du temps, on ne s'en défait jamais. On improvise des pas, mais pour celles et ceux qui vous entourent, vous êtes toujours le même.
Je le plains. Moi, j'ai de la chance. Je n'ai pas de passé, je suis vide d'une existence propre, mais aussi longtemps que j'improviserai mes pas, je serai là.
Je sens poindre en vous de la jalousie. Non, vous ne participerez pas à la fête qui se passe derrière. Elle est réservée aux immortels. Vous êtes aigris. Vous veniez voir un drame, mais à la place, je vais vous offrir du bonheur. C'est insupportable de regarder le bonheur quand on n'y est pas convié ! Pas vrai ? Ce que l'être est mesquin.

Camélia ! Tu peux venir ?

Entre La mère

La mère *guillerette*
Oui ?

Albert
Est-ce que tu peux répandre ton bonheur sur la scène ?

La mère
Mais viens ! on s'amuse ! On n'a rien à prouver ici !

Albert
Rien à prouver, non, mais je te trouve belle ! Et sous le projo-soleil, tu resplandis !

La mère
Ah oui ?
Albert
Une beauté éternelle !

La mère
C'est amusant, tu vois, parce qu'il n'y a pas si longtemps, j'avais l'impression d'être une fleur fanée ! Quand on vivait notre quotidien, j'étais prise entre vous, sans éclat, j'étais convaincue que rien ne devait changer et que c'était même dangereux de changer ! J'ai grandi dans la fosse, dans ses règles et dans ses devoirs, on m'avait intimé que je ne devais pas être et que je me devais d'observer, et par un principe que je ne m'explique pas, je me suis retrouvée à vivre entre vous. Un quotidien de malheur, j'existais à travers votre présence. Une procuration en somme. Je craignais les murs qui tremblent. Et puis, cette autre fois, lorsqu'on nous a privé d'identité, j'ai cru que j'allais m'évanouir, j'ai trébuché, j'aurais pu me fendre le crâne ! Mais cette lumière s'est faite en moi. Je pouvais être qui je voulais. Une éternelle jeunesse.
  Ma mémoire est de plus en plus mauvaise. J'en oublie presque les prénoms. J'imagine que ça peut être inquiétant de vivre ça de

l'extérieur, il arrivera sans doute un moment où je ne vous reconnaîtrai plus du tout. Je vivrai alors tout à fait libre, sans mémoire. Je pourrai désirer chaque instant, être amoureuse de chacun d'entre vous, je ne m'appartiendrai plus tout à fait, si ce n'est à ce corps et à ses impulsions, je serai libre de mon expression, car la liberté ce n'est que ça : l'expression ! Et le bonheur ce n'est que ça : être attachée à cette seule liberté ! J'aime mes mains, j'aime ma voix, j'aime le frémissement de mes seins, j'aime le parfum de ma peau qui s'enivre de désir, j'aime ces pensées qui virevoltent en moi, qui surgissent du néant, m'éclairent et disparaissent aussitôt. J'aime n'être que ça. Toute entière à moi. Je hais les êtres qui ne s'appartiennent pas. Mais je leur offre mon sourire, le sourire est haïssable. Les êtres qui vivent, pleurent. Le sourire est un trompe l'oeil. Les pleurs ouvrent l'âme. Ils finissent toujours en rire. Pour le diaphragme, c'est un seul et même mouvement. Une vibration, une joie.

Si chacun se laissait attraper par la joie, plutôt que de s'attarder au calcul du plaisir, ce qui revient à vivre une même émotion, sauf que dans le temps, la joie est une étincelle de l'instant, le plaisir, lui, le planning insidieux de nos propres désirs, alors le monde ne serait peut-être pas plus heureux, mais plus enclin à l'être.

Aller, viens, on va s'amuser.

Ils sortent

Henri et Ombeline entrent avec la poubelle de la création qu'ils posent dans un coin de la scène et un attirail destiné à projeter un court film muet, juxtaposition de documentaires animaliers et de différentes scènes hétéorclites de guerres et de tranches de vie. Henri lance le film à l'aide d'une télécommande. Ils sortent tandis que le film est diffusé.
Fin du film.

La poubelle
Beûûr !
Fuyez ! Le monde tel que vous le connaissez, va disparaître ! Cet espace que vous avez chéri, est sur le point de mourir ! L'illusion de vos vies n'est plus permise ! Fuyez ! Les murs ont trop tremblé,

l'édifice va s'écrouler ! Nous avons trop concrétisé ! L'auteur est sur le point de mettre un terme à sa création. Fuyez ! Et ne me laissez pas tout seul !

Tous entrent sur scène, paniqués

Henri
Je ne veux pas ! Je suis trop éternel pour mourir !

Ombeline
Pas le temps pour les antithèses ! Il faut qu'on trouve une sortie !

Le père
La sortie.

Ombeline
La quoi ?

Le père
La sortie ! Je la vois, là !

La mère
Tu penses que c'est une sortie ? C'est peut-être une autre entrée !

Le père
Impossible ! Il y a écrit : sortie.

Henri
Je ne veux pas mourir !

Ombeline
Des couilles Henri ! Des couilles !

Albert
Mais qu'est-ce qui nous attend derrière la sortie ?

Le père
Peut-être rien. Il nous faudra créer.

Albert
Il n'y a qu'une façon d'être sûrs que cette sortie est vraiment une sortie !

La mère
C'est trop dangereux ! Je tiens à vous ! J'avoue ! Je me rappelle de tous vos prénoms ! William ! Jean-Baptiste ! Eugène ! Samuel ! Je ne peux pas vivre sans vous !

Ombeline
Ils vivront malgré nous ! Il faut avoir foi en l'avenir ! Nous n'y pouvons plus rien !

Albert prend un playmobil, tous retiennent leur souffle.

Henri
Vas-y Albert ! Si tu le fais, je te donne mon blouson.

Le père
Vas-y mon fils ! Cette fois, je te le demande !

Albert jette le playmobil vers la sortie. Rien ne se passe.

Albert
C'est la sortie !

Tous
Hourra !

Ombeline
Attendez ! J'emmène mes chats !
Elle court récupérer son tableau
C'est pas fait pour vivre en intérieur ces choses là ! Henri, la poubelle !
Il va récupérer la poubelle sur la scène

Henri *à la poubelle*
Tu auras toutes les cuisses de poulet que tu voudras dehors ! Je suis sûr qu'on prendra soin de toi !

Le père
Allons-y, ne perdons plus de temps !

La mère
Sigismond-Rodrigue ! Embrasse-moi ! C'est comme ça que les plus belles histoires commencent quand elles finissent !

Il s'éxécute

Albert
Fuyons ! Je sens les murs qui tremblent !

Tous sortent de la salle avec une pointe d'appréhension.

Fin du 3ème acte… et de la pièce !

Dans l'idée de l'auteur, les comédiens ne reviennent pas pour le salut mais attendent les spectateurs à la sortie, qui devraient logiquement finir par sortir eux aussi ! Ce sera alors l'occasion de saluer et de féliciter les spectateurs.
Mais l'auteur est conscient qu'il n'est pas facile de ne pas retourner au théâtre ! Ah la vanité humaine ! Qu'elle fasse comme il lui plaira !

© 2016, Eric Cesarevich
Edition : BoD - Books on Demand
12/14 rond-point des Champs Elysées, 75008 Paris
Impression : Books on Demand GmbH, Norderstedt, Allemagne
ISBN : 9782322095728
Dépôt légal : juillet 2016